¿DÓNDE, OSO?

de
Sophy Henn

Corimbo

Había una vez
un osito...

que vivía
con un niño.

Pero fue pasando el tiempo y el osito creció...

y creció...

¡Y CRECIÓ!

Y hacía cosas
que los osos hacen...

y hacen...

Un día el niño miró al oso y se dio cuenta de
que era demasiado grande y demasiado oso para vivir
en una casa.

"Me parece que es hora de que encontremos
otro lugar para vivir donde puedas ser oso y grande",
dijo el niño. "Pero ¿dónde, oso?"

"En la juguetería hay osos",
dijo el niño. "La juguetería es un lugar fantástico."

para Chuparse los Dedos

CAKES
TARTS
BUNS

88

Elegancia

Delicioso

"NO",
dijo el oso.

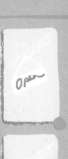

ERRETERÍA FELIZ

Encantos de juguetes

92

OPEN

TOYS
GAMES
MARBLES
BALLS
DOLLS

Open

TOYS
GAMES
MARBLES
BALLS
DOLLS

OLS PLANTS SEEDS

"Entonces, ¿dónde, oso?", le preguntó el niño.

"¡Ya lo tengo!
¡También hay osos en el zoo!",
dijo el niño.
"¿Qué tal el zoo?"

"NO",
dijo el oso.

"Entonces, ¿dónde, oso?",
le preguntó el niño.

"He visto osos en el circo", dijo el niño.
"¿Qué te parecería el circo?"

"Ya lo tengo.
Los osos viven
en el bosque", dijo.
"¿Qué te parece
el bosque, oso?"

"NO",
dijo él.

"Entonces, ¿dónde, oso?",
le preguntó el niño.

"Muchos osos viven
en cuevas", dijo el niño.
"¿Te gustaría
vivir en una cueva?"

"Entonces, ¿dónde, oso?", le preguntó el niño.

"Me parece que los osos
viven en la selva",
dijo el niño.
"¿Qué te parece, oso?"

"NO",
murmuró.

"Entonces, ¿dónde, oso?", le preguntó el niño.

"Hmmm",
       dijo el niño.

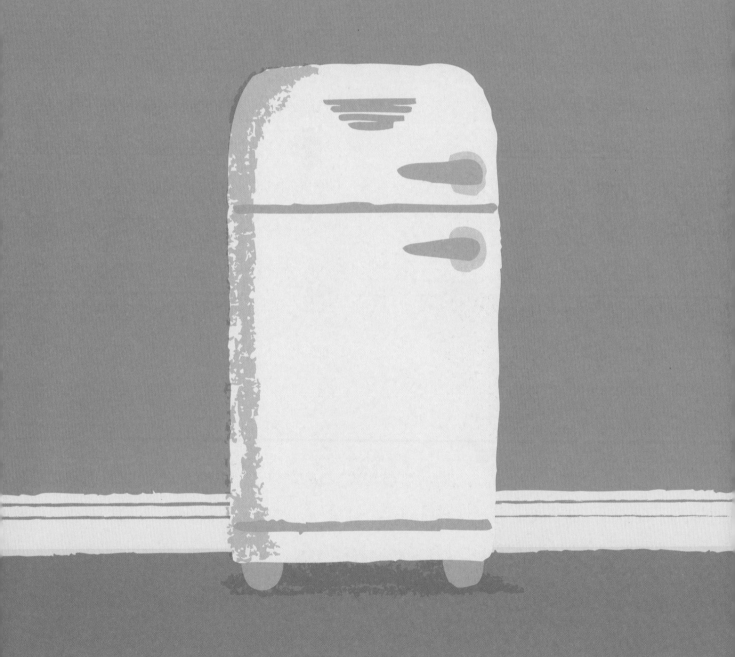

El oso no dijo nada.

"¡YA LO TENGO!",
dijo el niño.
"Hay osos que viven en el Ártico.
¿Qué te parece?"

"¡NIEVE!",

dijo el oso.

"¡Vale!",
dijo el niño.

Y se fue a su casa.

Y el oso estuvo contento.

Y el niño estuvo contento.

Y siguieron siendo
muy buenos amigos...

...y charlaban
por teléfono
a todas horas.

"Deberíamos ir a algún lugar juntos,
como hacíamos antes",
dijo el oso.

"Pero... ¿dónde, oso?",
le preguntó el niño.

A Missy,
por ser
un as en todo.

© 2015, Editorial Corimbo por la edición en español
Av. Pla del Vent 56, 08970 Sant Joan Despí, Barcelona
corimbo@corimbo.es
www.corimbo.es
Traducción al español de Margarida Trias
1ª edición octubre 2015
Texto e ilustraciones © Sophy Henn, 2014
© Puffin Books, Publicado por el Grupo Penguin Ltd.
Título de la edición original "Where bear?"
Impreso en China
Depósito legal: DL B. 11791-2015
ISBN: 978-84-8470-522-2